翟禹 ◎ 著

风骨长城

内蒙古人民出版社

图书在版编目（CIP）数据

风骨长城 / 翟禹著 . -- 呼和浩特：内蒙古人民出版社，2025. 1. --（讲好内蒙古故事口袋书系列）.
ISBN 978-7-204-18233-6

Ⅰ . I247.81

中国国家版本馆 CIP 数据核字第 2024GY6327 号

风骨长城

FENGGU CHANGCHENG

作　　者	翟　禹
策划编辑	王　静
责任编辑	蔺小英
封面设计	琥珀视觉
出版发行	内蒙古人民出版社
地　　址	呼和浩特市新城区中山东路 8 号波士名人国际 B 座 5 楼
网　　址	http://www.impph.cn
印　　刷	内蒙古金艺佳印刷包装有限公司
开　　本	880mm×1230mm　1/32
印　　张	4.75
字　　数	80 千
版　　次	2025 年 1 月第 1 版
印　　次	2025 年 1 月第 1 次印刷
书　　号	ISBN 978-7-204-18233-6
定　　价	68.00 元

如出现印装质量问题，请与我社联系。联系电话：（0471）3946120

前言

一

　　长城是世界古代工程的奇迹,是中华民族精神的象征和劳动智慧的结晶,是人类文化艺术的宝库。1961 年,长城被国务院公布为第一批全国重点文物保护单位。1987 年,以北京八达岭长城为代表的长城被联合国教科文组织列入《世界遗产名录》。我国的长城始建于春秋战国时期,到明朝为止,长城修筑的总长度达 2 万多公里,被称为"万里长城"。

　　我国对长城的保护极为重视。2006 年,国务院颁布《长城保护条例》,明确提出建立长城保护员制度;2019 年 1 月 22 日,文化和旅游部、国家文物局联合印发《长城保护总体规划》。习近平总书记就长城的保护，多次发表重要讲话。2019年8月20日，习近平总书记在甘肃考察嘉峪关关城时强调："当今世界，人们提起中国，就会想起万里长城；提起中华文明，也会想起万里长城。长城、长江、黄河等都是中华民族的重要象征，是中华民族精神的重要标志。我们一定要重视历史文化保护传承，保护好中华民族精神生生不息的根脉。"由此可见，国家高度重视长城这一伟大的世界文化遗产，长城在中华文明中占有重要地位。

内蒙古境内分布有战国

燕、战国赵、战国秦、秦、西汉、东汉、北魏、隋、北宋、金、明等王朝的长城。分布于长城墙体之上及周边的单体建筑、关隘、城堡和其他相关遗存多达万余处。据统计，在内蒙古境内，各个历史时期修筑的长城，总长达7570公里，占全国长城的三分之一。内蒙古长城涉及的朝代之多、长度之长、规模之大，在全国都是罕见的。

本书选取自战国时期至近现代与长城有关的历史典故18篇，运用通俗易懂的语言，向广大读者介绍与长城相关的历史文化，以期增进社会各界对长城及其所承载的中华优秀传统文化的了解和认识。

目
录
CONTENTS

晋蒙交界地带明代大同镇长城墙体

胡服骑射

战国后期，赵国逐渐强大起来。赵国位于北方地区，与东胡、匈奴、林胡、楼烦等游牧部族为邻，相互之间往来频繁，既有人员流动，又有战争冲突。在那个时代，赵国主要的困扰是这些游牧部族常常派出机动灵活的骑兵部队南下侵扰，对赵国边境地区的农业生产和人民生活造成破坏。

为了富国强兵和加强对北部边疆的防御，赵国统治者赵武灵王决定发起一场改革。公元前307年，他下令士兵和将领们舍弃往日惯穿的宽袍广袖，一律穿北方游牧民族的服饰，即改穿短装，束皮带，用带钩，穿皮靴。同时，赵武灵王大力发展骑兵，训练士兵们在马上射箭作战的能力，以提高军队的战斗力。

虽然这场改革主要在军队中进行，但在当时的赵国也算是一场政治改革。我们知道，大凡推动历史向前发展的改革，往往都会遇到一

赵北长城墙体（位于乌兰察布市集宁区宋泉村鄣城附近）

定的阻力，尤其是一些既得利益集团的代表人物会站在自己的立场加以阻止。赵国这场"胡服骑射"的改革也不是一帆风顺的，遭到许多贵族的反对，但是赵武灵王一一驳斥反对者的言论，坚持向前推进改革。他以身作则，在贵族中大力推广胡服，使胡服在赵

国上下推行开来。胡服便于骑射，推行胡服是为了更好地学习骑射技术，提高军队的战斗力。等到大家看到实际成效的时候，便也都赞同赵武灵王的举措。

赵国攻取原阳（今呼和浩特市东南）以后，把这里改为"骑邑"，专门在这里训练

赵北长城沿线的十二洲郭城（位于乌兰察布市察哈尔右翼前旗）

骑兵。国力逐渐强大起来以后，赵武灵王率军攻破中山国，之后又西攻胡地，到达榆中（今内蒙古河套东北岸地区），"辟地千里"。赵国的疆域进一步扩大，并加强了与北方诸部族的联系。在此基础上，赵国开始在北方修筑长城，即我们今天所

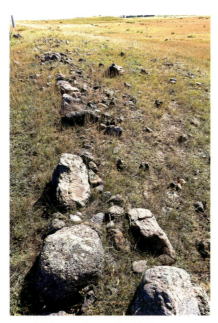

赵北长城墙体（位于乌兰察布市察哈尔右翼前旗十二洲村附近）

赵北长城沿线的烽燧（位于呼和浩特市西北郊乌素图召北侧）

说的"赵北长城"。

目前，根据调查可知，这段长城始于今河北省北部，向西北方向延伸，之后进入内蒙古境内，先后经过兴和县、察哈尔右翼前旗、卓资县、呼和浩特市郊区向西行，再经过土默特左旗、土默特右旗、包头市郊区、固阳县进入巴彦淖尔市，终点为高阙塞。司马迁在编写《史记》时，记载了这段长城，他是这么写的："赵武灵王亦变俗胡服，习骑射，北破林胡、楼烦。筑长城，自代并阴山下，至高阙为塞。而置云中、雁门、代郡。"考古工作者在调查中发现，这段赵北长城基本上是沿着阴山南麓延伸，总体上呈东西走向，墙体基本上距离阴山山体1公里左右。可见，考古发现可以和文献记载相互印证。赵国通过修筑长城，将今天阴山以南的广大地区纳入其管辖范围，还在阴山以南设置了云中郡、雁门郡和代郡，进行有效的管辖。

胡服骑射开中原农耕政权向北方游牧民族学习之先河，是中国历史上各民族互相学习和借鉴的典型事例，成为各民族交往交流交融的历史见证。

始皇筑墙

启动万里长城大工程的人是秦始皇。春秋战国时期，虽然许多诸侯国修筑了长度不等的长城，但大多数规模较小，而且各诸侯国所筑长城防御的对象各不相同，多数诸侯国把长城修在国境线附近，主要是防御邻近诸侯国的进攻，只有战国后期燕、赵、秦三国修筑的长城是为了防御北方各族的进攻（燕国防御东胡，赵国防御林胡、楼烦等，秦国防御义渠等西北诸戎）。

公元前 221 年，灭掉六国的秦始皇嬴政建立了中国历史上第一个大一统的封建王朝——秦朝。秦朝建立以后，南征北战，开疆拓土，一派蒸蒸日上的景象。这个时候，

康兔沟秦长城（位于包头市固阳县）

北边的匈奴也逐渐强大起来，对正在向四周扩展的秦朝造成威胁，双方摩擦不断。秦始皇为了加强对北方地区的治理，开始在北方设置郡县、移民开垦、修建直道。另外，还有一个非常重要的举措，那就是修筑长城。

秦朝大将蒙恬奉命夺取"河南地"（今内蒙古河套

以南地区），之后秦朝开始在北边修筑长城。据《史记·蒙恬列传》记载："秦已并天下，乃使蒙恬将三十万众北逐戎狄，收河南。筑长城，因地形，用制险塞，起临洮，至辽东，延袤万余里。"秦始皇统治时期修筑的长城不完全是新修筑的，毕竟秦朝刚刚实现统一，加之疆域广大，东西长达万里，且防御匈奴时间紧、任务重，全部新筑耗时巨大，不现实。当时，燕、赵、秦三国于战国晚期修筑的长城都还在，秦始皇下令修筑长城的时候，将它们连接起来，在需要向北扩展的地方新修筑了长城。比如战国秦昭襄王统治时期修筑的长城主要在鄂尔多斯境内，现在秦朝疆域已经扩展到阴山一带，与战国时期秦国的疆域相比，向北拓展了几百公里，新的长城需要把整个"河南地"囊括进来。

在修建长城的同时，秦朝在北方地区设置了诸多郡县，比较重要的有北地郡、上郡、九原郡、云中郡、雁门郡、代郡、右北平郡和辽西郡。许多郡县及其治所沿袭自战国时期的秦国、赵国和燕国，但是管辖范围有所不同。秦朝实现大一统后，疆域扩大，郡县的管辖范围相应地也有所增加。

麻池古城遗址（位于包头市九原区麻池镇，被认为是秦直道的终点）

乌拉特前旗小佘太增隆昌段秦长城

考古学家调查后发现，秦长城主要在阴山南麓一带蜿蜒伸展，向西经河西走廊到达甘肃临洮，向东经乌兰察布、锡林郭勒进入河北北部，并与燕长城相接，再向东到达辽东地区。这就是中国历史上第一道万里长城。关于秦长城的修筑，有"孟姜女哭长城"的典故，秦长城也由此成为秦始皇实施暴政的历史见证。其实，长城在减少战争、保护农耕文明等方面发挥了重要作用。长城作为军事防御工程，是我国古代劳动人民智慧的结晶，也是中华民族悠久历史、灿烂文化的象征。

战国秦长城遗迹（位于鄂尔多斯市伊金霍洛旗纳林塔村）

昭君出塞

内蒙古和千里之外的湖北有什么关系？一是明清之际形成的万里茶道始于福建，途经湖北和内蒙古；二是2020年初，内蒙古的白衣天使驰援湖北，抗击新冠疫情；三是最广为人知的，来自湖北的和平使者——王昭君，给草原带来了和平和安宁。

西汉时期，匈奴经常侵扰汉朝，双方时战时和。到西汉中期，在汉朝的连连打击之下，匈奴的实力进一步削弱。公元前60年，匈奴发生五单于之乱，之后呼韩邪单于被郅支单于打败。为求自保，呼韩邪单于南下投附汉朝。他先后三次入长安朝觐天子，并请求和亲，自愿当"汉家女婿"。于是，"元帝以后宫良家子王嫱字昭君赐单于"。

王昭君出生于南郡秭归县（今湖北省兴山县），后被选入宫中。入宫以后，王昭君并未得到皇帝宠幸。皇帝在选择赴匈奴和亲的女子之时，王昭君站了出来，主动请求出塞，完成和亲使命。出塞在即，王昭君"丰容靓饰，光明汉宫，顾景裴回，竦动左右"，给人们留下了深刻的印象。王昭君来到匈奴以后，为维护汉匈的和平多方奔走，作出了重要的贡献。最后，她长眠在北方草原上。由于资料缺乏，我们不知道王昭君到底被葬在何地。有人认为昭君墓在漠北，有人认为在漠南。如今，北方很多地区有昭君墓。内蒙古呼和浩特市南郊大黑河畔有一座高大的"青冢"，传说为王昭君的墓地，这在唐代的文献中就有记载。

关于昭君墓，历史给我们留下的传说远远多于史实。至今我们仍无法确定，"青冢"是否真的是远嫁草原的王昭君长眠的地方。但"青冢"因为杜甫的诗句"一去紫台连朔漠，独留青冢向黄昏"而广为人知。历代都有人来这里祭奠这位奇女子，留下的碑记至今犹在。

民间制作的"昭君出塞"主题皮画

描写昭君出塞的唐诗多依据汉代历史，可随着时间的推移，昭君出塞的故事不断被演绎，历史的真相变得扑朔迷离。可以肯定的是，王昭君虽确有其人，但是否真的有"落雁"之容就不得而知了。王昭君并非皇室出身，她能与匈奴单于结亲，必有过人之处，绝不是仅仅在于容貌。当时南匈奴附汉，必定是由于受到北匈奴和其他草原部落的打压。这种情况下，南匈奴跨过长城，迁徙至河套地区生活，可见其与汉朝的关系是相当密切的。对于汉元帝准许和亲的女子并非皇室出身，南匈奴也是欣然接受，并给予王昭君很高的待遇。之后，王莽篡汉，中原动荡，汉匈关系也发生变化。

其实，汉元帝时的汉匈关系已经与汉初大不相同，昭君和亲不是所谓的屈辱的和亲，更不能以现在的眼光去衡量 2000 多年前的处事原则。战国时期，各诸侯国

互派质子，将此作为巩固联盟的手段。匈奴也不例外，著名的冒顿单于就曾作为质子被送到大月氏。比起互派质子，和亲算是一种比较

昭君墓（位于呼和浩特市南郊大黑河畔，现为内蒙古昭君博物院）

友好的交流方式。总之，与刀光剑
影的厮杀和你死我活的政治斗争相
比，人民更愿意听那些才子佳人的
爱情故事，更愿意相信那些有人性
光芒的传说。

咏怀古迹

杜甫

群山万壑赴荆门，生长明妃尚有村。
一去紫台连朔漠，独留青冢向黄昏。
画图省识春风面，环珮空归夜月魂。
千载琵琶作胡语，分明怨恨曲中论。

居延风云

　　居延遗址分布在内蒙古自治区阿拉善盟额济纳旗、甘肃省酒泉市金塔县境内，出土了蜚声海内外的居延汉简。这一带之所以

汉代甲渠塞甲渠候官治所 A8 鄣城遗址（位于阿拉善盟额济纳旗额济纳河沿岸）

保留了大量的汉代简牍，是因为其在汉代是一处重要的边塞，汉朝政府曾在这里构筑复杂的烽燧防御体系，是汉代长城防御体系的重要组成部分。此外，居延地区地处亚欧大陆内部，为荒漠戈壁地带，干燥少雨，木质的汉简在这样的环境中不易腐蚀，从而保留下来。

居延是草原丝路上的重要节点。早在史前新石器时代，居延一带就有人类频繁活动的印迹。先秦时期，居延是乌孙的活动区域；秦朝时期，居延成为大月氏的牧地。汉武帝统治时期，始见"居延"之名。"居延"一词为匈奴语，《水经注》将其译为"弱水流沙"。居延地区是汉朝通往西域的交通节点，也是汉朝防御匈奴的战略屏障。太初三年（公元前102年），汉武帝封伏波将军路博德为强弩都尉，让他派兵屯驻居延地区，修筑障塞、烽燧等军事设施，设置居延都尉府、肩水都尉府。后来，东汉政府在居延地区设张掖郡居延属国，属凉州管辖，治所在居延县。汉献帝建安末年，又在此设立西海郡，治所仍在居延地区。

自汉代兴起的丝绸之路，居延是其重要的中转地。经过河西走廊的丝绸之路，其中有一条线路就是从甘肃向北经居延地区中转，再从这里向漠北进发。还有一条从草原上通行的丝绸之路，在漠南地区呈东西走向延伸，这条路穿过阴山南麓，向西进入居延地区，然后从此处折而向北。通观大漠南北的地理

形势可知，居延地区是穿过茫茫戈壁最便捷的交通节点，过往的行人、商队均要在此备齐补给，才能继续向戈壁进发，来到广阔草原的深处，然后走向中亚、欧洲。

唐代时，居延地区是农牧文化的交融地带，是北方草原游牧部族通往长安的"参天可汗道"的必经之地。唐朝政府在此设立宁

黑城遗址城墙上的佛塔（位于阿拉善盟额济纳旗）

寇军，统领居延军务，还修筑了大同城（位
于阿拉善盟额济纳旗达来呼布镇东南荒漠
地带），用以安置归附的突厥、回鹘部众，
同时供丝绸之路上过往的客商歇脚、中转。
著名诗人王维曾经来过这里，留下了千古名

句："大漠孤烟直，长河落日圆。"

此后，西夏和元朝政府均在此处设置过重要的军事、行政机构，并进行屯田，促进了该地经济的发展。西夏在居延设立了黑水镇燕军司，继续通过该地同西域乃

汉代居延烽燧第十六燧出土的武器——转射（选自《额济纳汉简》）

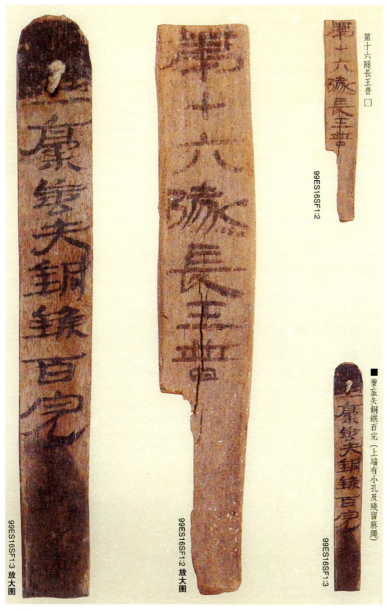

第十六隧长王普□

99ES16SF1:2

■ 稾矢铜镞百完（上端有小孔及残留麻绳）

99ES16SF1:3

99ES16SF1:3 放大图

99ES16SF1:2 放大图

汉代居延烽燧第十六燧出土木简（选自《额济纳汉简》）

至遥远的欧亚大陆保持密切联系。元代亦集乃路总管府的治所就位于西夏所建黑水城中。西夏和元代时期，居延地区的农业非常发达，留下了较多的农田和河渠遗址。今天人们还能看到沙漠中的城垣和城边矗立的白色佛塔，城内的街道、市肆、房屋等基址依然清晰可辨。

土尔扈特人东归是居延地区历史上的重要事件。清朝时期，徙居伏尔加河地区的土尔扈特部返回祖国，额济纳河流域被划为土尔扈特部驻牧地。土尔扈特部东归的壮举昭示着祖国强大的凝聚力和向心力。

居延地区自古以来就是

一个开放包容之地，各种文化荟萃于此，相互交流，这也是此处有大量珍贵的历史文化遗存的原因所在。1988年，居延遗址被国务院公布为第三批全国重点文物保护单位。如今，居延遗址作为内蒙古重要的文化资源，为新时期共建"一带一路"提供了有力的文化支撑。

六镇兴衰

　　拓跋鲜卑的部众原本生活在东北大兴安岭茫茫森林中，后来为了寻求更好的发展空间，他们不断南迁，并在此过程中不断发展壮大。拓跋鲜卑的部众先是南迁大泽（今呼伦湖），再迁至阴山一带，并以盛乐（今呼和浩特市和林格尔县西北土城子）为都，建立代政权，后建立北魏，将都城从盛乐迁到平城（今山西省大同市）。439年，北魏统一中国北方地区，与南朝对峙，结束了自西晋以来北方地区分裂割据的局面。5世纪末，北魏孝文帝迁都洛阳，实行汉化改革，使北方各族进一步交往交流交融。北魏在中国北方地区的统治也日渐稳固。

这个时候，北方草原上的柔然、敕勒等部族兴起，不断南下，对北魏政权造成威胁。为了加强防御，维护北部边疆的稳定，北魏开始在北方边地建设防御体系。该防御体系主要包括长城墙体和军事重镇。泰常八年（423 年），北魏修筑长城，之后陆续在长城沿线建立六个军事重镇，自西向东分别是沃野镇（在今巴彦淖尔市五原县一带，该镇治所曾多次迁徙，北魏

北魏长城遗址（位于包头市达尔罕茂明安联合旗的草原上）

北魏长城遗址（位于包头市达尔罕茂明安联合旗的草原上）

末年在今巴彦淖尔市乌拉特前旗苏独仑镇根子场古城）、怀朔镇（在今包头市固阳县西南白灵淖尔城圐圙古城）、武川镇（在今呼和浩特市武川县西东土城，该镇治所至今未有定论，有武川县二份子古城、乌兰不浪土城梁古城和达尔罕茂明安联合旗希拉穆仁城圐圙古城等多种说法）、抚冥镇（在今乌兰察布市四子王旗乌兰花镇土城子古城）、柔玄镇（在今乌兰察布市兴和县台基庙村东北）、怀荒镇（在今河北省张北县北）。北魏

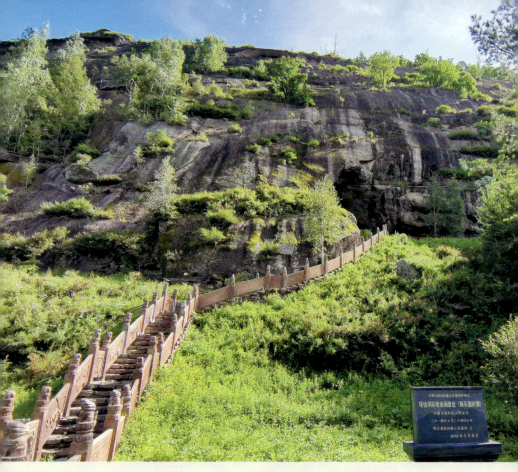

嘎仙洞遗址（位于呼伦贝尔市鄂伦春自治旗大鲜卑山）

六镇的建设并非一蹴而就，而是逐渐完成的，初具规模的时间大概在神䴥年间至延和二年（428—433年）。

从北魏的军事防御制度和策略来看，其修筑的长城并不是最重要的防御设施，分布在长城一线的军镇才是最为重要的。因此，北魏前期，掌管军镇的将领

们的社会地位是很高的。北魏迁都洛阳以后，随着政治中心的逐渐南移，北方军事防御的重要性不似从前，加之政治制度的变化和社会经济的发展，北魏六镇的地位有所下降，出现了很多社会问题，诸如因灾荒产生大量流民；六镇将领压迫剥削普通军民，导致民怨沸腾等。最后，在破六韩拔陵等人的率领下，六镇多次爆发起义，虽然最终都被平定，但是对北方边地产生了深远的影响，在一定程度上动摇了北魏政权的统治。

北魏设置六镇最初仅仅是为了加强北方边地的防御力量，没承想到北魏末期时演变为两个重要的军事集团——怀朔高氏集团和武川军人集团。东魏（北齐）、西魏（北周）以及后来隋、唐王朝统治集团中的核心成员，都与北魏六镇的军事集团密切相关。北齐统治集团的核心成员来自怀朔镇，北周、隋、唐统治集团的核心成员则来自武川镇。

六镇兴衰

边塞诗风

　　以长城为轴线的中国北方地区历来便是各政权、各民族冲突往来、交流融合的广阔舞台。中原诸政权与草原游牧部族之间时而斗争、时而和平往来，古老的长城见证着他们的不断融合。唐代是边塞诗歌创作的鼎盛时期，很多边塞诗直接以长城及其相关意象为主题进行创作，反映长城沿线的战争和生活状况，这些诗也可以称为"长城诗"。其中，有对长城这一军事工程的讴歌，有对统治者开边黩武行为的不满，有建功立业的豪情，也有壮志难酬的愤慨，还有对战争之下流离失所的百姓的同情。这些以长城为主题的诗歌，内涵深刻、意境深远，具有十分突出的艺术表现力。

长城诗中有相当一部分对秦始皇修筑长城持批判态度。例如苏拯的诗《长城》："嬴氏设防胡,烝沙筑冤垒。蒙公取勋名,岂算生民死。运畚力不禁,碎身砂碛里。黔黎欲半空,长城春未已。皇天潜鼓怒,力化一女子。遂使万雉崩,不尽数行泪。自古进身者,本非陷物致。当时文德修,不到三世地。"该诗批判了秦始皇、蒙恬的穷兵黩武,借"一女子"孟姜女的故事,表现百姓的艰难困苦和对暴政的极度不满。实际上,作者并非对长城不满,而是借秦始皇修长城之举,抨击暴政,反对统

明万里长城西端嘉峪关城楼

治者奴役劳苦大众。

　　此外，唐朝还有很多描写长城一带战争的诗。例如崔湜的《早春边城怀归》："大漠羽书飞，长城未解围。"乔知之的《赢骏篇》："长城日夕苦风霜，中有连年百战场。"常建的《塞下曲》："髑髅皆是

长城卒，日暮沙场飞作灰。"李益的《统汉峰下》："统
汉峰西降户营，黄河战骨拥长城。"唐代时，在前代
修筑的长城沿线，战争相对较少，所以诗歌中长城一
带的战争大多并非实指。只是由于历史上战争与长城
的紧密关系，以及气候恶劣、环境复杂的长城一带与

人们想象中的战场相吻合，这些诗人仍旧将掩埋着累累白骨的长城沿线作为边疆战争的发生地，抒发怀古之情，痛陈战争给人民带来的灾难和痛苦。

心胸开阔的唐代诗人常常用长城这一意象比喻良臣贤将，以抒发报国豪情。如初唐诗人崔湜所作《大漠行》："单于犯蓟壖，骠骑略萧边。南山木叶飞下地，北海蓬根乱上天。科斗连营太原道，鱼丽合阵武威川。三军遥倚仗，万里相驰逐。旌旆悠悠静瀚源，鼙鼓喧喧动卢谷。……但使将军能百战，不须天子筑长城。"作者认为，能征善战的将领完全能够代替长城保家卫国，感慨良将难求。还有李白所作《送张遥之寿阳幕府》："寿阳信天险，天险横荆关。苻坚百万众，遥阻八公山。不假筑长城，大贤在其间。战夫若熊虎，破敌有余闲。张子勇且英，少轻卫霍孱。投躯紫髯将，千里望风颜。勖尔效才略，功成衣锦还。"此诗借苻坚率众却敌之事，说

清水河明代长城砖石砌筑墙体

这段墙体位于呼和浩特市清水河县口子上村以东的山坡上，是目前保存较好的一段砖石砌筑墙体，高大宽厚，墙体顶部平坦，墙体两侧保留着较完整的条石垒砌痕迹，能够通过这段墙体窥探当时长城的原貌，价值很大。

明若有能征善战的良将，又何须修筑长城！诗中把"大贤"看作保家卫国的长城，表明了作者的报国之志。唐人心中的良将起着长城的作用，他们认为像秦始皇那样发动百姓去修筑长城是徒劳之举，任用贤能、德治天下才是长久之计。

边塞诗风

金河会盟

581年，隋朝建立，其北部有强大的突厥政权时时南下，对隋朝构成威胁。为了加强北方边地的防御力量，隋朝也开始修筑长城。不过，隋朝立国时间短，除少部分为新

突厥可汗阙特勤碑

大黑河畔景观

修筑的以外，大多数是补筑、维修、增筑或重建前代，如秦、汉、北魏、北齐的长城。由于隋长城遗存与前代、后世的长城遗存不易区分，目前尚未发现大规模的隋代长城遗址。有学者调查和研究后认为，鄂尔多斯地区存在一段隋长城遗址，但这是一家之言，有待进一步论证。

大业年间，隋炀帝曾巡视北部边疆。隋炀帝出巡声势浩大，极尽奢华之能，曾到北方草原与突厥可汗会盟。当时，突厥已经分裂为东西两部，许多突厥部众在首领的带领下南下归附隋朝。那时，东突厥的首领是启民可汗。他与隋朝的关系非常密切，率部南下，在白道川（今呼和浩特市北郊大青山南麓）附近驻帐居住。大业三年（607年）四月，隋炀帝北巡，来到榆林郡（治今鄂尔多斯市准格尔旗十二连城），突厥启民可汗和义成公主前来觐见。七月，启民可汗上表"请变服，袭冠带"。隋炀帝给了他很高的礼遇，准许他"赞拜不名，位在诸侯王之上"。隋炀帝在榆林

郡城内升起大帐，竖起旌旗，大摆宴席，奏起"百戏之乐"，宴赏启民可汗及其部落民三千五百人。隋炀帝还写了一首诗来表达自己志得意满的心情："呼韩顿颡至，屠耆接踵来……如何汉天子，空上单于台。"八月，隋炀帝离开榆林郡，向北进发，来到启民可汗的牙帐。启民可汗亲自迎接，二人在牙帐中相会。启民可汗"奉觞上寿"，二人把酒言欢。隋炀帝还当着

鄂托克前旗十三里套隋长城遗址

阴山白道（位于呼和浩特市北郊大青山）

启民可汗的面，对前来觐见的高丽使者说："回去跟你们国王说，早点来朝见，不然我就和启民可汗一块去你们的土地上巡视！"隋炀帝的皇后去了义成公主的帐殿，她们促膝长谈，相见甚欢。

隋唐时期的呼和浩特平原在阴山的庇护之下，景色宜人、水草丰美。穿过呼和浩特平原的大黑河灌溉了大块农田，滋养着生机勃勃的草原。在汇入黄河的三角洲地带，有榆林郡这样的城池。唐代诗人柳中庸有诗句描绘："岁岁金河复玉关，朝朝马策与刀环。三春白雪归青冢，万里黄河绕黑山。"其中，"金河""青冢"分别指今天呼和浩特市南郊的大黑河及河畔的昭君墓。通过文献记载，我们可以想象当年在大黑河畔，隋朝皇帝与草原上的游牧部落首领会见的场景：各族的贵族、士兵、百姓欢聚一堂，呈现出民族交融、和谐共存的场面。

库布齐沙漠边缘的黄河

雁门忠魂

　　大家都知道杨家将的故事，杨家将题材的小说、连环画、电视剧、电影非常多，足见杨家将的影响力是非常大的。

　　历史上真实的杨家将存在于北宋初年。赵匡胤建立北宋之后，当时中国境内还有一些小政权，如北方位于山西中南部的北汉政权等。而杨家将中的杨业，也就是"杨令公"，最初是北汉的一位大将军。979年，宋太宗亲率大军攻灭北汉。之后，宋太宗派遣使臣招降了杨业，任命他为右领军卫大将军，镇守雁门关（今山西省代县雁门关）。杨业抵御辽朝大军的进攻，常以少胜多，故威名远扬。

边境楼（位于山西省忻州市代县）

986 年，宋太宗趁辽朝政局不稳，派三路大军北伐，分别由曹彬、田重进和潘美率领，杨业担任潘美的副将。潘美、杨业率大军出雁门关，向北挺进。由于辽朝军队攻势强大，北宋的三路大军都遭到失败，只能撤退。在撤退的过程中，杨业杰出的军事才能显露出来，招致主将潘美的嫉妒。加之杨业

雁门忠魂

原本是北汉的将领，投降北宋后，很多人不信任他，既怕他抢头功，又怕他造反，所以最后杨业没有得到大部队的支援，陷入敌军包围之中孤军奋战，最终被辽朝军队俘虏。辽朝将领劝杨业投降，杨业坚决拒绝，最后绝食三天而死。

从北汉时期起，在北汉与辽朝对峙的20多年中，杨业立下无数战功，人称其为"杨

无敌"。辽人对他也深为敬畏，在他牺牲的地方建庙祭祀。一个人能够得到敌人的尊敬，那他一定是一个了不起的人物。一百年后，苏轼的弟弟苏辙奉命出使辽朝，曾到杨业去世的地方参拜，还作诗《过杨无敌庙》："驱驰本为中原用，尝享能令异域尊。"杨业的事迹在当时就开始广泛地传播，后来慢慢演化成"杨家将"的故事。特别是元代时，

雁门关地利门外景区门口的杨家将塑像

本關建設軔城史稱舜巡狩至恒山始啓鴈門趙孝武王使
李牧備匈奴即此地也
國初設關於此蓋重之矣此城依山就險嘉靖三十年重修萬
曆二十六年更新甎包周二里零三百五十步高三丈五尺
東至小石口一百四十里西至盤道梁八十里南至代州四
十里北至廣武城二十里設守禦千戶所統領在官軍三
百四十八員火路墩四座本關形勝甲天下從來虜難飛
度嘉靖間兩次入犯皆由白草溝寇家梁而出官兵不綽綮
近建寧通樓于關外威遠樓于山巔益以戍卒百人守之且
於必經之處斷其山梁儼若天塹鴈關愈增險要保障永有
重賴焉

（明）杨时宁等编《宣大山西三镇图说》（明万历
三十一年秘阁本）中关于雁门关的内容

由于元杂剧的兴起，杨家将的故事成为元杂剧创作的重要题材。杨家将中真实存在的人物有杨业和他的儿子杨延玉、杨延昭以及孙子杨文广等。佘太君、杨继忠、杨继孝、杨宗保、穆桂英、杨延琪、杨延瑛，还有家里烧火的丫头杨排风等都是后来不断演义后出现的人物。这些人物随着杨家将故事的广泛流传，

变得家喻户晓。

　　其实，真实的杨业及其后人的故事同样是可歌可泣的。杨业的儿子杨延玉，当时跟随父亲出征，在被敌军围困的时候，当场阵亡。辽军南下，杨业的长子

雁门关远景

杨延昭守城。时值隆冬，他让士兵在城墙上浇水，水
结成冰后，城墙变得又坚固又光滑。辽军攻城不下，
只好退兵。杨延昭在宋辽前线坚持战斗20多年，辽
人非常敬畏他。他们一度认为北斗七星中的第六颗星

雁门忠魂

是专门克辽朝的，而杨延昭就是那第六颗星转世，所以称他为"杨六郎"。1004年，辽、宋皇帝亲率大军在澶州（今河南省濮阳市）对峙。随军出征的杨延昭向宋真宗建议："辽军刚刚来到澶州城外，千里迢迢的，人马一定都很困顿，虽然人多势众，但也很容易打败。我想率领一支军队，守住关键路口，歼灭辽军，这样幽州、易州等被辽朝占领的地区都可以夺回来。"但一心求和的宋真宗无心恋战，没有同意。即便如此，杨延昭还是率军攻入辽朝，占领了一些城堡，俘获了很多辽兵，取得了局部胜利。但是，局部的胜利无法改变大局，辽朝虽然率领大军来攻，也不是真心要作战，而是暗中通过降辽的王继忠与宋真宗私下沟通。最后，双方订立和约，达成了"澶渊之盟"。

　　杨延昭的次子杨文广曾在范仲淹麾下任职。他率军驻守在陕西一带，多有战功。杨文广的形象也多次出现在杨家将系列故事中，关于他，有很多生动的传说和故事，耐人寻味。其实，不管是真实的历史，还是民间传说，都寄托了老百姓对英雄将门的崇拜之情，杨业及其后人那种恪尽职守、英勇无畏、抵御外敌、坚贞不屈的精神永远激励着我们、感动着我们。

雁门关地利门

宋夏和战

　　党项是我国古代北方少数民族之一，是羌人的一支，分布在今青海省东南部河曲县和四川省松潘县以西山谷地带。古代的羌族和我们今天56个民族之中的羌族，虽然名

称相同，但人群却不完全是一类。古代的羌族分布在青藏高原各处，有很多分支，发展到今天经历了长时间错综复杂的分化组合过程。后来，党项建立了西夏政权。天授礼法延祚元年（1038 年）十月，党项首领元昊正式登基称帝，建立国家，国号"大夏"。西夏政权建立以后，实行强硬的对外政策，与北宋频频开战。

元昊摸清了与西夏接壤的北宋西北地区的防御情况以后，在 1040 年到 1042 年间，

保宁寨西墙

连续发动了三次较大规模的战争，分别是三川口之战、好水川之战和定川寨之战，都获得了胜利。西夏对北宋开战，实际上是为了自己的生存。就像三国时期的蜀汉，偏居一隅，国力弱小，如果不实行以攻为守的策略，很容易会被相邻的强大政权曹魏、东吴所兼并。弱小的西夏若想在北宋、辽两大政权之间求得生存，也需实行以攻为守的策略，这一策略在西夏初期取得了一定的成效。

西夏文首领铜印

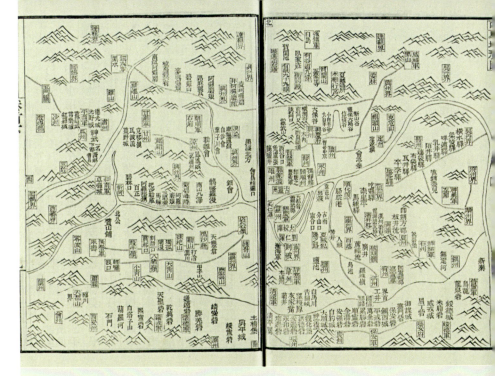

《西夏地形图》
附于《西夏纪事本末》卷首〔（清）张鉴撰，清光
绪十一年金陵刊本〕

　　北宋在与西夏交战的过程中，连连战败，不得不加强西北地区的防御力量。为了防御西夏，北宋在西北沿边地带修筑了一系列城寨—烽燧体系，这与前代和后代长城的功能是完全一致的，只不过没有连续的墙体。从修筑的主体北宋王朝来说，是为了防御北方民族，与战国时期秦、赵、燕等诸侯国修筑长城相比，也有相似之处。

宋夏和战

61

北宋丰州城南墙及远处的烽燧

　　北宋城寨—烽燧体系主要分布在内蒙古鄂尔多斯市境内，此外在陕西、山西等地也有分布。北宋城寨—烽燧体系在鄂尔多斯地区的遗存主要分布在准格尔旗境内。准格尔旗的北宋长城防御体系主要由沙梁川和清水川两道河险、23座烽火台、永安寨和保宁寨两座城址等组成，共同护卫着丰州城。沙梁川与清水川位于准格尔旗纳日松镇，发源于该镇东部，均为西北—东南流向，经由准格尔旗进入陕西省境内。沙梁川在南，清水川在北，两川相距15公里左右。今准格尔旗纳日松镇的二长渠古城，就是北宋丰州故城所在地。二长渠古城北面7公里处的古城梁古城（又名石洞梁古城）为保宁寨，二长渠古城西面7公里处的古城渠古城为永安寨。这些防御设施共同构成了一个以丰州城为中心、以河险为依托、以寨址为护卫、以烽火台为延伸的综合性长城防御体系。

1041年至1061年，西夏一度占领丰州。1061年北宋收复丰州后，朝廷直接任命官员管理丰州军政事务。1129年，丰州被与西夏联合攻宋的金朝占领。到1146年，金朝又将丰州赐予西夏，自此西夏一直管理着丰州。1227年大蒙古国灭西夏后，丰州城逐渐沦为废墟。

二长渠烽火台

草原界壕

　　建立金朝前，女真人长期生活在东北，他们与草原上的游牧民族，如鲜卑、突厥、回鹘、契丹、蒙古等不同，在语言、文化、生产生活方式等方面存在较大的差异。许多不熟悉北方民族历史的读者会笼统地把这些民族称为"游牧民族"或"草原民族"，这是不够准确的。东北地区森林密布、河流众多，大兴安岭及其以东的广阔土地上，水源充足、土地肥沃，适宜农耕、渔猎。所以，生活在东北地区，以女真为代表的各个民族，准确地说应该叫作"森林狩猎民族"，而不是"游牧民族"。他们从事农耕，以猪为主要家畜，同时出去打猎，捕获各种森林动物。

由于早期的生产水平较为低下，女真人过着相对原始的半耕半猎的生活。1115 年，女真完颜部的首领阿骨打宣布即皇帝位，建立政权，国号"大金"，年号"收国"。

金朝处于中国的北方地区，西边与西夏接壤，南边与北宋（后为南宋）接壤。当时的西夏，国力逐渐衰微，对金朝构不成太大

金界壕达里诺尔湖段

大兴安岭深处的白桦林
东北地区森林面积广大，是女真等民族
发展壮大的摇篮。

的威胁。北宋以及后来的南宋，不仅对金朝无法构成威胁，在金朝较为强盛时，反倒时时受到金朝的压制。因此，真正能够威胁金朝的是来自北方草原的游牧部族。辽金时代，蒙古高原上，众多游牧部落逐渐兴起。到金朝时，这些游牧部落强盛起来，如蒙古。蒙古发展壮大后，建立了蒙古汗国，后来又建立了大一统的元朝，此是后话不提。除此以外，还有塔塔儿、克烈、乃蛮等大大小小几十个部落。

金朝的建立者女真人虽然也是东北森林中的游猎部族，但是他们建立政权后，就过上了定居生活。政权稳固后，金朝统治者便想要维护边疆的稳定，加强防御。他们效仿历代统治者，开始修筑长城。金朝的长城被称为"界壕"，这一称呼来源于这种防御工事的特点。金界壕主要位于草原。草原上土质疏松，多为沙土，缺乏石块，烧制砖瓦颇为不易，因此最好的办法就是深挖壕堑，在壕堑外侧堆筑沙土墙体。草原上风沙大，壕堑挖好、墙体堆筑完以后，很容易会被风沙掩埋。于是，金朝在界壕沿线每隔一段距离修建

金界壕墙体

一座边堡，便于士兵驻守，既加强了防御，又能对界壕及时进行维护。可见，历代长城修筑的原则基本上是一致的，那就是"因险制塞，因地制宜，就地取材，随形就势"。

金朝时期，一直在对界壕进行维修、增筑，最终金界壕形成岭北线、北线、南线三条主干线和北线的西支、东支以及南线西支三条支线。金界壕主要分布在内蒙古境内，也有一小部分延伸至蒙古国。内蒙古境内的金界壕总体呈东北—西南走向，蜿蜒在大草原上。从高空看，草原上的界壕线条清晰，与蓝天、白云、绿草相映成趣，是一道亮丽的风景线。

金界壕遗址（位于呼伦贝尔市，是金朝当时修建的为防御北方草原蒙古诸部的界壕岭北线）

卫城置废

1368 年，明朝取代元朝，在中原建立统治。元朝的统治者北撤草原。但是，蒙古各部不甘心失败，在明朝初期仍频频南下，与明朝发生冲突，意图恢复对中原的统治。明朝为了巩固新生的政权，最初实行"永清沙漠"的策略，企图一举统一长城南北。于是，明朝把卫所制度推行到北方草原，建立了若干大型卫城。这里我们重点选择四座卫城给大家介绍，它们分别是东胜卫、镇虏卫、云川卫和玉林卫。

东胜卫故城位于呼和浩特市托克托县城区，镇虏卫故城位于呼和浩特市托克托县新营子镇黑城村，云川卫故城位于呼和浩特市

明代东胜卫南城墙（位于呼和浩特市托克托县）

和林格尔县大红城乡政府所在地，玉林卫故城位于呼和浩特市和林格尔县新店子镇榆林城村。这些卫城均始建于明朝初年，后来逐渐废弃，不再使用，但是卫所的建制仍存，卫城中的军民南迁至内地。镇虏卫南迁至天成卫，改称天镇城，即今日山西省大同市天镇县。云川卫南迁至镇朔卫（今山西省大同市左云县，云川卫与大同左卫合称"左云"）。玉林卫迁至大同右卫（即山西省朔州市右玉县右卫镇右卫古城），后来改称右玉林卫，也就是今天右玉县的前身。

明代早期大边长城沿线的云川卫（大红城古城）北城墙
中部城门现状

玉林卫故城景区入口处（位于呼和浩特市和林格尔县新
店子镇东）

　　由于四座卫城修建年代相近，因此基
本形制保持了高度的一致，城墙均为黄土夯
筑，四面城墙中部各开有一座城门，城门
外均有瓮城。城墙基宽10～12米，顶宽

2～4米，高3～7米。1971年，镇虏卫城内曾出土洪武十年（1377年）、十二年（1379年）铭文铜火铳。从四座卫城的修筑位置来看，东胜卫修筑在大黑河与黄河的交会点，即位于大黑河沿岸。镇虏卫距离东胜卫较近，也位于大黑河沿岸。云川卫和玉林卫位于浑河沿岸。浑河发源于山西省朔州市平鲁区，自南向北经过杀虎口，流入内蒙古境内，在山西境内被称作"苍头河"，历史上叫作"兔毛河"。进入内蒙古境内，该河在玉林卫以东一带由南—北流向转为东—西流向，一直向西经过和林格尔县和清水河县，最后在岔河口汇入黄河。玉林卫和云川卫就修建在浑河的河岸滩地上。浑河沿岸是山西商人外出经商和移民"走西口"的必经之地，在历史上是非常重要的西口古道。商人和移民沿着苍头河向北，在杀虎口越过长城，进入内蒙古境内，之后有的向北进入和林格尔县，有的转而向东北进入凉城一带。从和林格尔一带沿着浑河向北，经过玉林卫故城，过新店子、和林格尔，可进入归化城。可见，这一地区在历史上交通位置非常重要。

后来，由于蒙古各部频频南下，明朝国力有限，难以为继。对于明朝来说，这些卫城地处偏远，粮草供应和军队转移调度的难度非常大，于是最终放弃了这一地区的防御，将防线向南收缩几百公里，最终稳定在今天山西与内蒙古交界的长城一线。至此，今天内蒙古中南部地区就彻底成为蒙古诸部的驻牧地，而这些短暂使用过的大型卫城成为废墟，留存至今。

长城的修筑事实上缓和了明蒙之间的关系，双方虽仍有战事，但数量大幅减少。在长城的保护下，草原上的牧民可以安心放牧，长城附近的农民也不用担心战争的袭扰，能够放心地耕作。随着明蒙关系的缓和，特别是隆庆封贡以后，长城成为明蒙之间贸易秩序的守护者，推进了这一地区经济的发展。

土木之变

在中国古代历史上，中原皇帝被北方民族俘虏的次数不是很多，北宋有"靖康之变"，明朝有"土木之变"。1368年，明军攻克大都，标志着元朝在中原的统治结束，蒙古贵族不得已北撤草原，其政权史称"北元"。北元欲图恢复对中原的统治，遂与明朝形成对峙的格局。永乐年间，蒙古地区逐步形成东、西两大政治势力，东部为鞑靼，西部为瓦剌。瓦剌曾一度强大，统一漠北诸部。

瓦剌到了也先统治时期，势力臻于鼎盛，于是萌生了南下进攻明朝的想法。那时明朝皇帝是英宗，他年少即位，宠信太监王振。王振结党营私，纵容其党羽贪赃枉法，私造大量铁制箭镞等武器，贩卖给瓦剌，牟取暴利。明朝北边防御体系自洪武时期初步建立，经过永乐、洪熙、宣德年间的大力经营，已经初具规模。但至正统年间，由于朝纲不振、权臣擅权、军政废弛，北边防御体系经营不力，这在一定程度上滋长了北元诸部的南下之心。

1448 年底，也先派使臣进京贡马。为了冒领赏赐，也先使团的实际人数竟比上报明朝的数字少一千多名。明朝政府查实以后，按照实际人数进行了赏赐，结果惹怒了也先。也先决定率大军进攻明朝。第二年七月，瓦剌兵分四路南下，分别进攻大同（今山西省大同市）、宣府（治今河北省张家口市宣化区）、辽东和甘州（今甘肃省张掖市）。进攻大同的军队由也先亲自率领，在猫儿庄（今乌兰察布市丰镇市东北）击毙大同参将吴浩。明朝大同守军迅速组织应敌，可由于太监郭敬从中作梗，明军大败，将领宋瑛、朱冕等

土市堡位于今河北省怀来县，图为怀来县航拍图

均战死。阿剌知院率军进攻宣府，宣府至居庸关一带明朝守将均弃城逃跑，瓦剌军队长驱直入，逼近居庸关。此外，辽东、甘肃一带的明军也遭到失败。

明军一再战败的消息传至京师，朝野震动，太监王振怂恿英宗亲征。百官虽竭力劝阻，可英宗不听，一意孤行，于正统十四年（1449年）七月十六日率大军从北京仓促出发。军队的人数号称五十万，实际仅二三十万。军队于十六日晚到达唐家岭（今北京市昌平区西南），十七日到达龙虎台（今北京市昌平区南口地区），十九日过居庸关，二十日过榆林站，二十一日到达怀来城西，二十二日到达雷家站（今河北省怀来县东），二十三日到达宣府，二十四日到达鸡鸣山（今河北省张家口市东南）。在此期间，文武百官多次劝英宗回京，可只信任王振的英宗不听，率军继续前行。大军于二十五日到达万全峪（今河北省张家口市万全区），二十六

土市堡城门

日到达怀安城（今河北省怀安县）西，二十七日到达天城（今山西省天镇县）西，二十八日到达阳和城（今山西省阳高县）南，二十九日到达聚落驿（今山西省大同市聚乐堡村），八月初一到达大同。王振得知大同军队惨败的消息后，非常惊慌，开始率军撤退。王振想从

包之周二里有奇高三丈五尺東至懷來城三十里西至沙
城二十里南至乾莊五里北至草廟二十里適當長安嶺紅
站口之衝虜逾北路直射本堡此必爭之要地也所屬屯堡
一十三處火路墩二座設操守官一員職專防護與談站無
與見在官軍止一百一十四員名馬僅一十二匹站軍三百
餘名舊屬昌鎮近雖改隸本鎮尚未晚籍彼中仍同客寄馬
堡之井泉引流甚細多方號鑿僅可充用歲收地租專備樵
賞聞正統巳巳
駕至土木日尚未晡去懷來城僅二十里奸璫王振輜重在後
留待之遂駐土木致有蒙塵之禍人人至今追恨之此可為
永鑒云

（明）杨时宁等编《宣大山西三镇图说》（明万历
三十一年秘阁本）中关于土市驿的内容

紫荆关（今河北省易县）退兵，让英宗到他的家乡蔚州（今河北省蔚县）去看看，于是不顾众将反对，匆忙改变行军路线。行军40里后，王振又怕大军过境，损坏自己家的庄稼，急令军队转道宣府。此时，瓦剌大军已经追上来了，明军多有战死，损失惨重。

八月十四日，明军到达土木堡（今河北省怀来县东）。土木堡为居庸关通往宣府、大同等地的重要通道，这里向东距离怀来城仅20里，东北距离延庆州（今北京市延庆区）80里，向西距离保安州（今河北省涿鹿县）40里，"地界相错，为往来之孔道"。众将建议进入怀来城，可凭城垣而守，以防不测，但王振不肯进城，明军只好在土木堡驻扎。因严重缺水，明军士气低落，这极大地削弱了战斗力。八月十五日，瓦剌军诈退，并遣使持书议和，明英宗中计，遣人前往议和。王振率军移营就水，结果瓦剌军突然从四面杀来，明军惊慌失措，未及抵抗便全军崩溃，百余名文臣武将几乎全部战死。英宗带兵突围没有成功，无奈只好盘膝而坐，后被俘虏。王振被护卫将军樊忠锤杀，得到了应有的报应。这就是"土木之变"。

"土木之变"是明蒙关系的转折点，对明朝政局和北元诸部势力的消长产生重大而深远的影响。

土市堡东门

庚戌之变

　　明朝前中期，蒙古各部与明朝在长城一线对峙，双方时战时和。明朝最初想彻底控制蒙古各部，实现长城内外的大一统，后来转变策略，大规模修筑长城，并建立了一整套防御体系，防止蒙古各部南下。蒙古各部生活在草原上，游牧经济的性质决定了他们需要通过贸易获取所需各种生产生活物资，故频频南下谋求与明朝通贡互市。但是，双方始终没有达成和平往来的协议，因此仍然维持着战和无常的状况。这种状况一直延续到明朝嘉靖年间，导致"庚戌之变"。

　　"庚戌之变"发生在嘉靖二十九年（1550年），因为这一年是庚戌年，故有

杀虎口关城（位于内蒙古呼和浩特市和林格尔县与山西省朔州市右玉县交界处）

此称呼。这一时期，土默特部在杰出首领阿勒坦汗的经营之下，日益强大，称雄漠南。其他蒙古各部也有所发展。蒙古各部强大起来以后，自然需要解决部民的生计问题，迫切需要中原地区各种生产生活物资，因此阿勒坦汗屡次建议与明朝进行通贡互市，但都遭到拒绝。阿勒坦汗无奈之下诉诸武力，不断率领军队南下，越过长城进入明朝内地抢掠，以此逼迫明朝开边进行通贡互市。双方之间的矛盾逐渐累积，终于在嘉靖二十九年（1550年）的时候爆发。

这一年秋天，阿勒坦汗率军闯入古北口（今北京市密云区东北部），在怀柔、顺义等地大肆掠夺，严重威胁北京城的安全。同时，阿勒坦汗致书明朝，说如果不答应蒙古提出的通贡互市的要求，就立即进攻北京城。事出突然，明朝并没有做好充足的准备，可蒙古骑兵速度之快，远超他们的想象。蒙古骑兵兵临城下，明朝政府匆忙招集民兵守城，并且下

明长城沿线的烽火台

诏要求各地守军立即进京救驾。虽然各地派来了救援军队，但是并没有扭转战机，击退蒙古军队。蒙古军队在北京地区肆意抢掠，甚至一度进逼北京城东直门，还把德胜、安定等城门附近的民居损毁，对北京城造成极

崇山峻岭中的明长城墙体

大的威胁，明朝政权一度濒临崩溃。好在蒙古军队并没有消灭明朝的打算，虽然他们攻入京城，但从长远来看，并没有能力，也没有把握取代明朝。他们只是在北京及其周边地区大肆抢掠一番，然后携带着大量战利品返回草原。

虽然有惊无险，但是这件事仍然给明朝统治者带来极大的震动，他们开始认真思考与蒙古各部通贡互市的事宜。逐渐地，明朝改变了国策，考虑与蒙古各部沟通交流，为之后的"隆庆封贡"创造了条件。

败虎永宁

　　这一节讲述的是一座小城堡及发生在这里的故事。城堡的名字叫作"败虎堡"，在明代长城沿线具有重要的战略地位。这座城堡的遗址位于内蒙古呼和浩特市清水河县与山西省朔州市平鲁区交界地带的明代长城遗址南侧 2 公里处，现属于山西省朔州市平鲁区高石庄乡败虎村。从内蒙古清水河县向南进入山西的 109 国道就经过败虎堡。这一带自古以来就是晋北地区通往漠南草原地区重要的交通节点，明代就曾在此修筑长城。该处的长城呈东北—西南走向，现在作为山西与内蒙古的分界线，是这一带最具标识性的遗迹和文化景观。

败虎堡的"永宁"石刻

  败虎堡城墙呈标准的南一北走向，正门位于东墙。如今，城门连同瓮城都已经消失，城门楼也早已不见，代之而起的是一条贯穿城堡，呈东一西走向的现代公路。瓮城虽然已经消失，但是通过实际测量和考察，可以估测出其大概位置。四面墙体均残缺不全，东墙基本消失，但是墙体的走向和大体的结构仍可辨认。残存的四面城墙均长约240米，墙体顶宽2～4米、底宽5米左右，现残存城墙平均高约5米，女墙早已消失，夯层厚本堡創自嘉靖二十三年隆慶六年始甃以甎石周一里五分高三丈六尺東至平虜城三十里西至本堡邊墻十里南至迎恩堡五里北至平虜邊二十里設操守官一員所領見在官軍四百三十四員名馬四十六匹分邊沿長八里三分邊墩一十五座火路墩四座本堡地當衝險胡騎一馳呼吸可至如鎮川墩泉兒溝等處皆通大虜零騎不時入掠邊外厭河一帶首首猛克氣等部落駐牧先年大舉入犯朔州地方長勝墩逸北即近板升嘉靖末年諸逆為患此堡被掠更甚今雖稱與減胡阻胡諸堡唇齒相依顧兵力寡弱均也有警登埤自守頗易應援安足恃哉

（明）杨时宁等编《宣大山西三镇图说》（明万历三十一年秘阁本）中关于败虎堡（败胡堡）的内容

约0.15~0.2米。城墙四个角落各有一座角楼，保存状况较差，仅剩大半个夯土墩子，已经难以辨认具体形制。北、西、南三墙中间各残存一座马面，分别高约6米、8米、5米。

　　败虎堡在明代时称"败胡堡"，清代改为"败虎堡"，类似的情形在山西省北部城堡中较为常见，如"杀胡堡"（杀虎堡）、"破胡堡"（破虎堡）、"灭胡堡"（灭虎堡）、"阻胡堡"（阻虎堡）、"宁虏堡"（宁鲁堡）等，是民族关系由对峙转为和平的历史见证。

　　隆庆四年（1570年），蒙古土默特部首领阿勒坦汗家族发生内讧，阿勒坦汗的孙子把汉那吉因不满阿勒坦汗夺其聘妾送给他人，一怒之下逃出蒙古部落，投降明朝。这给明蒙和解创造了机会，而小小的败虎堡在其中起到了关键作用，具有重要的意义。当时把汉那吉一行就曾经过败虎堡这一非常重要的交通节点，他们在此停留了四五天。当时担任败虎堡操守的崔景荣将此事报知平虏卫参将刘廷玉，然后派人将把汉那吉等人送至平虏卫城（今山西省朔州市平鲁区凤凰城古镇），后来把汉那吉一行又转移到大同城。经过明蒙双方反复交涉和谈判，隆庆四年（1570年）十一月二十日，把汉那吉北归，阿勒坦汗随即遣使入贡，提出了封贡的请求，并联合其他蒙古诸部一同与明朝和谈。第二

败虎堡西北角楼、城墙以及倚墙而建的房屋（位于山西省朔州市平鲁区败虎堡村）

年，王崇古上《确议封贡事宜疏》，明朝君臣经过商议，准许封贡和互市，这就是明蒙关系史上具有划时代意义的事件——"隆庆封贡"。因此，地理位置极其重要的败虎堡也就有了特殊的意义。明朝守边大臣为了纪念这次历史性的明蒙和解，在把汉那吉经过的地方——败虎堡，题写了两个昭示和平的大字"永宁"（匾额被镶嵌在城堡东门门洞顶部），向渴望和平的蒙古、汉两族人民宣布：败虎堡从此安全了，长城沿线得到了和平，你们可以享受安定的生活了。

隆庆封贡

前面讲过，明朝与蒙古诸部在长城沿线长期对峙，明朝既无法彻底控制蒙古诸部，蒙古诸部也无法再像元朝那样实现全国的大一统。双方在长城地带拉锯，时常会擦枪走火，引发战争，如前面讲述的"土木之变""庚戌之变"等。终于，在明朝中期，双方达成了长久的和平，我们在"败虎永宁"一节讲述了这一和平局面是如何实现的。

隆庆四年（1570 年），明蒙双方以把汉那吉入明事件为契机，开始进行和谈。明朝的有识之士内阁大学士张居正、高拱以及当时掌管宣大山西地区的王崇古、方逢时等人，积极与阿勒坦汗沟通，最终达成了以封贡互市为核心内容的和平协议，史称"隆庆封贡"，亦称"俺答封贡"。和谈的主要内容：一是阿勒坦汗同意将嘉靖年间在明朝发动叛乱后逃入草原的白莲教徒赵全等人送还明朝。这些人跟随阿勒坦汗多年，将中原地区先进的生产技术和农作经验带到蒙古地区，

得胜堡（位于山西省大同市新荣区得胜堡村）

得胜堡马市——市场堡（位于山西省大同市新荣区得胜堡村北）

但他们也怂恿蒙古骑兵大肆入关烧杀抢掠，给人民带来深重的灾难。从明朝的立场看，他们是叛徒，所以要求阿勒坦汗将他们送回去接受惩治。阿勒坦汗为了换回其孙把汉那吉和实现封贡互市，答应了明朝的要求。二是明朝封阿勒坦汗为顺义王，颁赐金印，让他统领蒙古右翼诸部，蒙古右翼诸部下面大大小小的首领也都由明朝封了官职。三是蒙古各部每年派遣一定数量的贡使进入明朝，上呈贡表、贡物，并领取抚赏。这样一来，明朝作为中原王朝，享受周边部族的朝贡，蒙古诸部则成为其藩属。四是明朝在长城沿线开设了很多马市，与蒙古诸部进行贸易。

隆庆五年（1571 年）五月，明蒙双方在大同镇长城沿线的得胜堡（位于今山西省大同市新荣区得胜堡村）外举行了隆重的封贡仪式。阿勒坦汗率领众多大小首领前来参加。在这个载入史册的仪式上，阿勒坦汗会同土默特、永邵卜、鄂尔多斯三大部落首领，与明朝的官员会商，达成了和平的共识。会商的地点，根据相关文献和考古调查，就在今天得胜堡以北，也就是乌兰察布市丰镇市以南地区。在明朝的一些边防图中，有一处地点被标记为"晾马台"，或许就是封贡仪式举行地点。

"隆庆封贡"是明蒙关系史上划时代的大事件，标志着"土木之变"后明蒙之间百余年来的战争对峙状态在较大范围内基本结束，取而代之的是封贡互市形式下的友好往来。从此以后，明朝与蒙古各部之间不再争战，双方约好互不侵犯，蒙古军队不入塞掳掠，明军也不再出塞"烧荒""捣巢"。双方约定，如果有蒙古人或汉人出入边塞，破坏和平稳定的局面，就

描绘明蒙和平互市场面的图

明蒙互市图

将其带回本地依法惩处。"隆庆封贡"开创了明蒙之
间以和平交往为主流的新局面，对明朝时期内蒙古地
区的和平发展产生重大影响。

长城互市

　　"隆庆封贡"以后，明朝决定在长城沿线设置一系列进行互市贸易的场所，从辽东、蓟州到宣大山西，再到陕西、宁夏、甘肃等地，大大小小的互市开设了许多。一般来说，大型互市的交易量比较大，前来贸易的蒙古部众和汉民比较多。为了加强管理，保障交易秩序，明朝一般会在大型贸易点专门修筑一座用来交易的市场堡，比如著名的得胜堡。

　　晋蒙交界处的得胜堡及其马市、关口系列遗存，从行政区划上看，隶属于山西省大同市新荣区堡子湾乡，紧挨着内蒙古乌兰察布市丰镇市。从丰镇市区往南大概15公里，就能到达得胜堡及其长城墙体关口——得胜

得胜堡（位于山西省大同市新荣区得胜堡村）

口。得胜堡位于今堡子湾乡得胜堡村，城堡平面呈矩形，东西 420 米，南北 528 米，周长 1896 米，现存主要设施有四面城墙、南城门 1 座、瓮城 1 座、角台 3 座、马面 13 座，堡内正中存有玉皇阁 1 座。玉皇阁四面顶部均有匾额，东为"护国"，南为"雄藩"，西为"保民"，北为"镇朔"。镇羌堡位于堡子湾乡镇羌堡村，与得胜口唇齿相依，位于长城墙体的南侧，紧挨墙体而建。城堡平面呈矩形，周长 980 米，四面城墙均保存相对完整，存有 4 座角台、3 座马面，城门开

（明）杨时宁等编《宣大山西三镇图说》（明万历
三十一年秘阁本）中的大同镇分巡冀北道辖北东路总图

本堡兩面逼近邊墻蓋邊塞首衝之地闔鎮大市集馬設自
嘉靖二十四年萬曆二年戰色周一里七分高三丈八尺東
至邊墻五十步西至柜墻堡界一十里南至得勝堡二里北
至邊墻五十步設守備官一員所領見在官軍一千五十三
員名馬騾一百八十四匹頭分邊沿長二十二里邊墩二十
八座馬市一處軒樓一座火路墩七座內北洞兒溝野口等
虜俱極衝通大虜邊外柳河山三死水海子等虜酋首黃金
榜實威靜倘不浪打兒漢倘不浪等部落駐牧嘉靖三十年
虜由此大舉搶至洞兒溝諸處大遭荼毒今款和煙塵稍靜
乃每遇互市東西名堡軍數萬眾蟻聚城下守巡副參遊等
官悉監臨馬應酬撫賞經營雖依附得勝可恃無恐臨
事呼吸變動患在眉睫守此堡者更當防禦周慎云

（明）杨时宁等编《宣大山西三镇图说》（明万历
三十一年秘阁本）中关于镇羌堡与得胜口的内容

113

得胜口（位于山西省大同市新荣区得胜堡村北长城墙体
南侧）

在南城墙，现已不存。

　　得胜堡的市场堡位于堡子湾乡得胜堡村
北，距离得胜口和长城墙体 400 米。市场堡
平面呈矩形，东西 182 米，南北 171 米，
周长 706 米，现存主要设施有四面城墙、东
城门 1 座、东城门瓮城 1 座、瓮城外侧的围
墙 1 道、角台 4 座以及马面 3 座。得胜口位

于长城墙体之上，与得胜堡相距1.3千米。关口呈矩形，东西长226米，南北长131米，四面均有1座角台，城门位于正南中部。城门处的建筑构造较为复杂，南侧未设瓮城，但城门北侧有一道围墙，因有断口，其原始形制尚不明。城门正中有残墙，东侧基部有散落的条石，疑为城门门洞所在地。城门门洞东侧有一座较为宽大的墩台，顶部平整，推测顶部原本可能建有岗楼等。得胜口东南角台南侧建有一座稍低于角台的覆斗形墩台，自下往上向内收紧，顶部面积狭小，目测仅能容一人站立。紧贴墩台西侧有一处立面呈三角形的夯土建筑，似为步道，因有所坍塌损毁，是否为登上墩台的通道，尚无定论。

得胜堡及其长城关口在明蒙关系史上占有非常重要的地位，明蒙关系史上的转折性事件——隆庆和议就在此地达

成。自此之后，明蒙双方和解，开启了长时间的互市贸易和人员往来，促进了农耕文化和游牧文化之间的交流融合。清代以来，得胜口成为万里茶道的重要关口，山西、内蒙古、河北等地经由此地进行贸易往来、人员交流和文化互动，得胜口在民族融合、地域文化交流和经济发展等方面发挥了重要作用。

得胜堡一带一系列的长城文化遗存见证着中华民族多元共生的历史，对我们今天开展铸牢中华民族共同体意识教育具有重要的现实意义。

市场堡（位于得胜堡以北，是明蒙双方专门用来进行互市交易的地点）

云中老妇

　　明朝中期，在蒙古右翼土默特万户首领阿勒坦汗和明朝君臣的一致努力下，明蒙双方结束了长期纷争的局面，迎来了和平。当时明朝驻守宣府、大同、山西一带的官员方逢时，经常外出巡视，考察明蒙达成和平协议后的社会状况。方逢时还是一位诗人，文笔很好。在巡视过程中，他通过诗词歌赋，记录沿途的所见所闻和所思所想。在他留下的众多诗词中，我们发现一首耐人寻味的词——《云中老妇词》。这首词收录在方逢时个人文集《大隐楼集》卷3"七言古诗"之中。

《云中老妇词》的"序"记载了一个很悲伤的故事。隆庆己巳年（1569 年），方逢时在龙门山谷中遇见一位哭泣的老妇。经过询问，方逢时得知，这位老妇原是云中（今山西省北部一带）人，嘉靖年间被蒙古人掳走，在长城沿线辗转了 18 年。如今明蒙双方达成和平协议，不再打仗，老百姓安居乐业，过着安定的生活，她觉得自己可以回内地生活了。但是老妇发现，她在内地已经没有家了，如果再返回北边，又担心破坏明蒙双方和平相处的稳定局面。老妇觉得自己已经是"垂尽之年"，不能因一己之私给边地带来祸患。于是，她选择在这个山谷住下，希望死后能够埋在此处。方逢时恰好遇到她，有感而发特作诗一首，以纪念此事。这个故事是当时明蒙关系的一个缩影，双方之间的战争导致百姓流徙，对百姓的生活产生深刻的影响。

老妇人因被掳至草原，多年后回到内地已无家可归，又不能重返草原，只能在长城一带住下来，诗序中所说的怕影响安定团结的局面，这或许是方逢时的杜撰。但是，无论如何，老妇人再也无法回到自己的家了，这也许是很多生活在长城一带的居民共同的经历。

这个故事既反映了长城沿线民族交融的历史，又告诉我们：只有在政治清明、和平安定的环境下，百姓才能有富足安稳的生活。

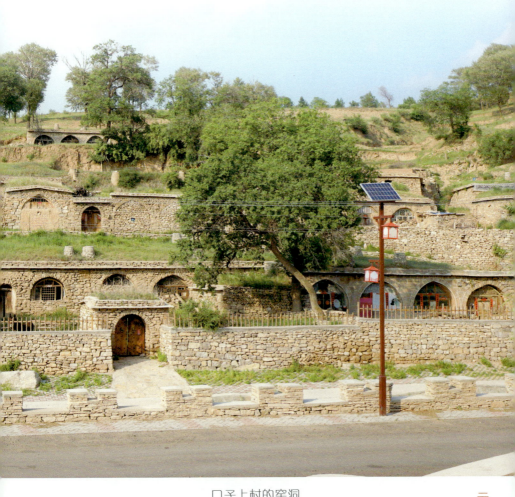

口子上村的窑洞

口子上村位于呼和浩特市清水河县北堡乡，明代长城墙体经过这里，"口子"就得名于长城墙体的关口，村庄坐落于墙体两侧，许多窑洞就依托墙体而建。

长城上已被废弃的村庄——十三边村

十三边村位于山西省右玉县与内蒙古和林格尔县交界地带，坐落于长城墙体两侧，北侧的村庄被称为口外十三边，南侧的村庄被称为口内十三边。因取水、交通等存在诸多不便，村庄现已废弃。

汉蒙杂处

　　1368 年，元朝统治者丧失了对中原地区的统治，蒙古贵族离开大都（今北京市），向北撤回草原。蒙古各部与明朝始终保持着多种形式的交流，即使在战争期间也没有中断。一些史料对于双方对峙的前沿——长城脚下，有着许多生动的记载。王琼《北虏事迹》中有这么一段记载：

　　宁夏镇城至花马池三百余里，运粮者循边墙而行，骡驮车挽，昼夜不绝。一日早，虏贼五骑至兴武营暗门墩下，问墩军曰："我是小十王、吉囊、俺答阿卜孩差来边上哨看，你墙里车牛昼夜不断做甚么。"答曰："总制调齐千万人马，攒运粮草勾用，要搜套打你帐房。"
贼曰："套内多多达子有哩，打不得，打不得。"又言：
"我原是韦州人，与你换弓一张回去为信。"墩军曰：
"你是韦州人，何不投降？"贼曰："韦州难过，草
地自在好过，我不投降。"举弓送墙上。墩军接之，
不换与弓，贼遂放马北奔。

长城脚下的莜麦地

　　通过上述记载可知，这个从蒙古部落来
到长城一带刺探情报的"虏贼"，原本是韦
州(今宁夏同心县东北部)人，现在生活在"自
在好过"的"草地"上，为蒙古人刺探情报。
他是汉人，能够用汉语与驻守在长城沿线的
明朝士兵交流。蒙古部民不会汉语，守边的
明朝士兵不懂蒙古语，所以蒙古部落的首领
会派遣兼通蒙古语、汉语的人到长城一带刺

独石口长城（位于河北省张家口市赤城县）

探军情。这种人在明蒙关系史上被称为"通事"或"夷使"。这个韦州人来到长城沿线的兴武营（位于今天宁夏盐池县与鄂尔多斯市鄂托克前旗的交界地带），可见此人所在的蒙古部落生活在鄂尔多斯地区。

　　生活在长城脚下的蒙古人，较为典型的

汉蒙杂处

127

是明朝宣府镇长城附近的蒙古人，具体位置是今天河北省张家口市张北县、赤城县和内蒙古锡林郭勒盟以南的交界地带。这些人属于"李家庄朵颜别部"，在文献中被称作"车夷""史夷"。他们与蒙古土默特部俺答汗之子辛爱黄台吉发生矛盾，被迫内附于明朝，整体迁徙到宣府镇北路一带生活。和平时期，他们会在长城沿线种地，过着定居生活，与守边士兵的家属住在一处。

　　生活在明长城沿线的老百姓，有来自农耕地区的汉人，也有长城以北地区的蒙古牧民，可以说他们是除明朝与蒙古主要部落之外的"第三种势力"。他们扮演着多种角色，

明代兴武营城堡（位于宁夏吴忠市盐池县）

没有明显的政治倾向。为了生存，他们兼营农耕与畜牧，时而倒向明朝，时而倒向蒙古诸部。他们生活在长城沿线，能种地的时候就种地，能放牧的时候就放牧，基于生存需要，自行选择生产方式。

　　杂居相处的汉蒙百姓就在这样的环境下交往交流交融，原本用来隔绝双方的长城成为民族融合的纽带。

汉蒙杂处

结语

2019 年 9 月 27 日，习近平总书记在全国民族团结进步表彰大会上提出，树立和突出各民族共享的中华文化符号和中华民族形象，增强各族群众对中华文化的认同。这一重要论断对于集中阐释和弘扬中华优秀传统文化，展示中国形象、讲好中国故事、传播中国声音，具有重要的理论指导意义和实践意义。因此，我们应该坚持以社会主义核心价值观为引领，以中华文化为根基，充分运用现代化手段，树立和突出各民族共享的中华文化符号和中华民族形象。

长城是中华文明的重要象征，凝聚了中华民族自强不息的奋斗精神。内蒙古境内长

板申沟1号敌台（箭牌楼）

　　箭牌楼位于山西省朔州市平鲁区与内蒙古呼和浩特市清水河县交界的长城墙体上，是一处保存较好、形制较为完整的敌楼，在明代长城中具有典型特征。

　　城资源丰富，长城所承载的爱国精神、民族精神和时代精神，对增强文化认同、凝聚民族力量、铸牢中华民族共同体意识具有独特作用。在新时代，要展现内蒙古长城风貌、普及长城知识、讲述长城故事、宣传长城文化，让长城这一大众普遍认可的中华文化符号和中华民族形象更加深入人心。

结语

晋蒙交界地带的明代大同镇长城墙体

长城是中华文明的重要象征　2019 年 8 月，习近平总书记在考察甘肃嘉峪关时指出："当今世界，人们提起中国，就会想起万里长城；提起中华文明，也会想起万里长城。长城、长江、黄河等都是中华民族的重要象征，是中华民族精神的重要标志。我们一定要重视历史文化保护传承，保护好中华民族

精神生生不息的根脉。"党和国家历来高度重视长城这一伟大的世界文化遗产，体现了长城在中华文明中的重要地位。

    各民族共享的中华文化符号和中华民族形象，是铸牢中华民族共同体意识的重要资源。要利用好这一重要资源，就要将中华文化特征、中华民族精神、中国国家形象，通

红色老牛坡党性教育基地（老牛坡党支部旧址，位于明长城丫角山口子上附近）

过特定的、具有广泛认同的符号和贴近群众、雅俗共赏的形象展示出来。长城文化就是非常典型的中华文化符号和中华民族形象的代表。中华优秀传统文化是中华民族的精神命脉，是涵养社会主义核心价值观的重要源泉，也是我们在世界文化激荡中站稳脚跟的坚实根基，而长城凝聚了中华民族自强不息的奋斗精神和众志成城、坚韧不屈的爱国情怀，已经成为中华民族的代表性符号和中华文明的重要象征。

长城文化是对中华优秀传统文化的生动诠释　中国的长城历史悠久，知名度高，享誉国内外。从先秦时期诞生至今，长城历经两千多年的时间，逐步发展、完善和变迁，最终形成一个复杂而庞大的体系。长城最初是一项军事防御工程，这体现了其作为历史产物的基本功能。具有军事功能的长城并非仅仅是一道墙体，而是由墙体及相关设施组成的一整套防御体系，包括墙体本身及墙体上的附属设施（敌台、马面、城楼）、墙体外的设施（烽火台、挡马墙、壕沟、居住址）以及沿线的关隘、城堡等。此外，除军事功能外，长城还负载着因政治和社会活动而形成的多种历史文化信息，使得留存至今的有关长城的各类文化遗存呈现出非常复杂的面貌。长城以线性墙体为主线，向东西方向延伸，在漫长的民族交往、文化融合、商贸往来等活动的综合作用下，给我们留下了独具特色的历史文化遗产。

从各民族交往交流交融的历史视角来认识长城的历史文化，可以看到历代长城具有鲜的军事防御、经济交往、文化交流、民族交融等特征。长城的历史是一部以长城墙体为核心的区域社会史，是农牧文化交融史，更是一部各民族交融汇聚成多元一体格局的辉煌历史。相对于整个中国历史来说，长城历史是地方史，是中国历史的重要组成部分。正因为有了这样一部"长城史"，中华民族的历史才变得多姿多彩、内涵丰富，具有极强的凝聚力、向心力，展现出中华民族多元一体、共生共荣的深刻内涵。

从文化遗产的视角看，长城文化呈现出农耕文化与游牧文化交流碰撞、高度融合的典型特征，是中华文化的重要组成部分，蕴含着丰富的历史文化价值。可以说，长城文化是对中华优秀传统文化的生动诠释。

黄河、长城交汇处的杨家川与南岸的明代长城墙体、烽燧

　　认识和理解长城文化符号，要从以下几个方面来把握。一是长城文化是宝贵的文化遗产，这是其最基础、最具体的文化内涵，也是长城文化其他方面内涵赖以存在的基础。这些文化遗产具体包括与长城有关的遗迹遗存、非遗、民俗文化、传统村落文化、民间信仰等，是民族融合与文化交汇的历史见证。二是文学、文化意象中的长城文化。历史上有许多与长城有关的诗文、故事等，例如民间传说"孟姜女哭长城"、汉乐府诗《饮马长城窟行》，以及唐代以长城为主题的诸多边塞诗等。三是以抵御外侮、寻求民族独立为主题的近现代长城文化，其主体内涵是保家卫国、众志成城。著名的长城抗战可歌可泣、永载史册，是中华各族人民共同抗击日本侵略者的伟大壮举。这一时期产生的《义勇军进行曲》，后来成为中华人民共和国国歌，传唱至今，其中有一句"把我们的血肉，筑成我们新的长城"，就鲜明地体现了保家卫国、众志成城的长城抗战精神。此外，还产生了《长城谣》《万里长城永不倒》《长城长》等以长城为主题的流行歌曲。"万里长城万里长，长城外面是故乡""都说长城两边是故乡，你知道长城有多长""万里长城永不倒，千里黄河水滔滔"等歌词脍炙人口、流传甚广，它们无一不将长城作为中华民族精神的象征，展现着中国人民的家国情怀，鼓舞着中华民族奋勇向前。四是以长城命名文化地标、文化品牌。中华人民共和国成立以来，特别是改革开放以来，经济发展、文化繁荣、社会进步，改善人民生活成为时代主题，许多以长城命名的文化地标、文化品牌应运而生，长城所承载的伟大精神深深融入中华民族的血脉之中，成为实现中华民族伟大复兴的强大精神力量。

让长城文化在新时代熠熠生辉　我们今天弘扬长城文化，要抓住其实质，既不能局限在狭隘的概念之中，也不能将特定时空条件下的概念与今天的概念混淆。"众志成城"是长城文化新的内涵。时代和社会的变迁会赋予文化遗产不同的内涵，因此要辩证地、联系地、发展地看待问题。要对符号和形象的基本内涵进行科学、准确、精炼的阐释。要把中国历代长城的修筑、分布范围、基本形制及其文化内涵讲清楚，用高度概括和凝练的语言表述出来。内涵的表述要符合学术研究的要求、公共认知和历史文化传统，能够经受住时间的考验。从实现中华民族伟大复兴这一目标来认识长城历史与文化在中华文明中的地位和作用，才能够正确阐释长城的历史价值、文化价值和当代价值。

长城文化的内涵具有复杂性、多层次性，并且随着时代的变迁不断变化。我们要做好长城文化价值发掘和文化遗产传承保护工作，挖掘文化遗产的多重价值，弘扬民族精神，为实现中华民族伟大复兴的中国梦凝聚磅礴力量。长城文化是展现中华文化、中国精神典型的价值符号和文化产品，应该予以大力弘扬，让长城文化在新时代熠熠生辉。